JE N'AI JAMAIS
EMBRASSÉ LAURE

D1079627

DE LA MÊME AUTEURE

Princesses en culottes courtes, GGC Productions, collection «Sors de ta bulle», 2007.

KIEV RENAUD

Je n'ai jamais embrassé Laure

roman par nouvelles

LEMÉAC

Ouvrage édité sous la direction
de Pascal Brissette

*Leméac Éditeur remercie le Conseil des arts du Canada, la Société
de développement des entreprises culturelles du Québec (SODEC)
et le Programme de crédit d'impôt pour l'édition de livres du
Québec (Gestion SODEC) du soutien accordé à son programme de
publication.*

Financé par le gouvernement du Canada | **Canadä**
Funded by the government of Canada

ISBN 978-2-7609-4726-9

© Copyright Ottawa 2016 par Leméac Éditeur
4609, rue D'Iberville, 1er étage, Montréal (Québec) H2H 2L9
Dépôt légal – Bibliothèque et Archives nationales du
Québec, 2016

Mise en pages : Compomagny

Imprimé au Canada

I.

FLORENCE RETROUVE
DES ALBUMS PHOTO

Redescendre l'escalier

Quand nous avions dix ans, Sybille, Ophélie, Laure et moi jouions aux prostituées dans le grenier de la maison de mes parents. Nous enfilions des jupes de patinage artistique ou de danse baladi, des peignoirs ouverts sur nos hauts de bikinis, les triangles de tissu pochant sur nos poitrines plates. Comme ma mère ne se maquillait pas, mes amies apportaient de vieux produits de beauté : des fards à paupières pastel, des crèmes qui nous ont donné nos premiers boutons, des rasoirs rouillés avec lesquels on se taillait le duvet des jambes. La pièce sentait le talc et le vernis à ongles.

J'ai une photo de ces samedis, un cliché flou que je garde dans une vieille carte d'anniversaire. Nous flottons dans nos déguisements dépareillés et pointons l'index vers l'objectif, les hanches basculées sur le côté. Laure est la seule à avoir des seins, des pointes souples, et ses cheveux voilent son visage ; Sybille a la bouche rouge, enflée par le maquillage ; Ophélie jette un regard furtif aux autres pour ajuster sa position; j'ai les oreilles écartées, les cheveux séparés en deux lourdes couettes.

À cette époque, nous savions déjà parler de politique, nous suivions des cours de piano ou de violon, nous faisions des concours de mathématiques et des spectacles de ballet jazz. Nous mangions du baba ghanouj, des artichauts et des grenades dans nos lunchs. Nous portions des vêtements à la mode et nos longues tresses nous claquaient dans le dos. Les photos d'école nous montrent à côté d'un globe terrestre, les mains posées sur un dictionnaire. Des vêtements sobres, un sourire calme. À les voir, on croirait que nous occupions nos samedis à faire des casse-têtes.

Nous faisions jouer en boucle des chansons de Dalida et nous montions sur la pointe des pieds en chantant par cœur *Gigi l'amoroso* et *Le temps des fleurs*. Nous pratiquions nos roues latérales, nouant les pans de nos jupes pour ne pas nous empêtrer dans le tissu, et nous écoutions nos cœurs chanter. Nous faisions des dessins avec les cosmétiques; des bouches en cœur, des cils et des joues sphériques sur des bonshommes sourires. Nous aplatissions les rouges à lèvres comme des tubes de colle et touchions les surfaces grasses, texturées, de nos portraits.

Sybille était la prostituée la plus sollicitée, elle avait un cellulaire et mimait des appels. Elle fabriquait des préservatifs en cire : après avoir allumé des chandelles, elle laissait couler le liquide épais sur ses doigts pour façonner des boules huileuses. Puis elle descendait l'escalier pour rejoindre son client. Elle emportait un livre et attendait, par souci de réalisme. Au retour, elle sortait de faux billets de son soutien-gorge et comptait ses gains. Elle se plaignait de notre paresse : *Les filles, franchement, je vous fais vivre !*

Sybille était une enfant minuscule, avec des lunettes épaisses qui élargissaient ses yeux. Mais, plus dégourdie que nous, elle jouait son rôle à la perfection. Elle parlait avec l'accent français et n'hésitait jamais sur les termes à utiliser : elle connaissait le mot « orgasme » et réclamait des tarifs réalistes pour les fellations. C'était le quadruple de notre argent de poche, nous imaginions tous les jujubes que nous pourrions avoir. Elle nous racontait des histoires d'horreur : des prostituées comme nous égorgées dans des ruelles, ou des maladies qui font pourrir les dents et jaunir la peau. Sa grande sœur lui apprenait tout ça.

Sybille disait que, pour savoir si on avait la poitrine tombante, il fallait glisser un stylo sous nos seins : s'il coinçait, dans le pli moite et doux, nous ne serions jamais désirables. J'ai vidé mon coffre à crayons avec les autres filles, en cercle dans la cour d'école, les mains sous nos camisoles. Je me rappelle le bruit des crayons tombant sur l'asphalte.

Sybille disait aussi que, pour savoir si nous embrassions bien, nous devions essayer de faire un nœud sur la queue d'une cerise avec la langue. Honteuse d'échouer, je nouais la tige baveuse du bout des doigts pendant que les autres regardaient ailleurs.

J'avais hérité du vieil ordinateur de la famille et nous clavardions sur des sites de rencontres. Dans un français impeccable, nous nous faisions passer pour des blondes aux gros seins. Nous gloussions en mangeant des croustilles, un dictionnaire sur les genoux. Sybille s'installait au clavier où elle tapait une lettre à la fois, les yeux plissés, comme pour un examen : *Je ne porte rien en ce moment.* Elle se tournait vers nous et relevait sa camisole en faisant la grimace. Notre interlocuteur nous demandait où nous habitions, nous nommions une ville voisine visitée lors d'une sortie de classe, avec une fausse adresse : nos chiffres chanceux pour le numéro, un nom d'auteur pour la rue.

Pour nous inspirer pendant la discussion, nous faisions défiler des sites pornographiques. Mes amies avaient le visage presque blanc dans la lumière de l'écran. Nous scrutions des sexes épilés, violacés, regardant la chair de si près que nous ne voyions plus que sa couleur. Rien dans cette anatomie ne nous rappelait la nôtre. Nous avons appris le vocabulaire pour nommer la nudité ; les mots m'apparaissaient cliniques, crus, presque violents.

Lors de ces discussions en ligne, nous vantions sans cesse notre beauté : *J'ai les cheveux soyeux et les lèvres pulpeuses.* Les hommes nous demandaient des détails. *Mon nombril est percé, mes pantalons sont de taille très petite, j'embrasse bien : je sais nouer la queue d'une cerise avec la langue.* S'ils voulaient nous voir, nous envoyions des photos de notre actrice préférée, puis nous recueillions les compliments avec fierté, comme s'ils concernaient notre propre corps. Dès que la conversation dérivait vers une description de coït, cela nous ennuyait ; nous fixions un faux rendez-vous à notre interlocuteur, dans une gare où nous ne porterions qu'un manteau et rien en dessous, et nous quittions l'ordinateur.

Je prenais souvent le rôle de la prostituée enceinte. Je me couchais sur le divan et coinçais des coussins sous mon habit – un tailleur pied-de-poule ayant appartenu à ma mère. J'avais chaud dans ce costume d'engrossée. J'ajoutais de nouveaux oreillers contre mon nombril pour marquer le temps qui passe. J'aimais ce rôle passif, paresseux : ma grossesse servait d'horloge. J'observais la moquette, tachée de peinture blanche depuis que mes parents avaient repeint les murs, puis les visages de mes amies, tachés eux aussi de couleurs criardes. Dans ce grenier, tout dégoulinait. Au milieu de l'après-midi, nous fermions nos peignoirs pour descendre dans la cuisine chercher des biscuits secs et des fruits que nous mangions comme un festin, faisant semblant de mourir de faim depuis des jours. Mes parents nous regardaient, intrigués. Nous ne devions pas avoir l'air vulgaires, juste ridicules.

Nous observions nos nombrils, les comparant et les touchant : celui de Sybille, rose et rebondi ; celui d'Ophélie, plissé, une pièce d'origami ; le mien, une fente discrète. Celui de Laure était creusé, coiffé d'une bille de chair.

Le corps de Laure était plus développé que le nôtre. Nous étions curieuses de ses seins comme d'un nouveau jouet, et nous ne perdions pas une occasion de les toucher. Nous garnissions nos maillots de mouchoirs et, pour les plus ambitieuses, d'animaux en peluche. Nous serrions les côtés de nos poitrines à pleines paumes pour faire naître un pli. Mais, assez vite, nous nous désintéressions de cet artifice et jetions la rembourrure à nos pieds. Laure, elle, ne pouvait rien retirer, elle nous faisait un peu pitié.

Elle était la seule à ne pas prendre plaisir à notre scénario. Elle se maquillait avec minutie, mais elle portait une camisole à peine décolletée et revendiquait le rôle d'une orpheline adoptée dans notre bordel. Elle ne descendait jamais l'escalier. Elle jouait l'enfant, se couvrait de haillons et récitait des comptines, assise dans un coin. Elle voulait parfois être mon bébé. Elle glissait la tête sous mon veston, s'appuyait sur les oreillers et s'assoupissait, expirant sur mon ventre un souffle régulier et chaud. Plus tard, quand elle me dira : *Je t'aime tellement que j'aurais aimé t'accoucher*, je repenserai à ce moment. Sybille, pendant ce temps, comptait son argent en léchant son pouce et Ophélie, assise en tailleur, vernissait ses ongles d'orteils. Quand Laure se détachait de moi, encore endormie, Sybille la remarquait tout de suite. Accourant vers nous, elle tirait le bras de Laure pour la traîner vers les marches, en lui disant qu'elle devait maintenant gagner son pain. Laure s'écrasait par terre en pleurnichant : *Mais non ! Je viens à peine de naître !*

Les parents de mes amies venaient les chercher à la fin de la journée. Nous revêtions nos robes laissées pêle-mêle, fourrions les déguisements dans un coffre. Nous redescendions ensemble l'escalier. Nous savonnions nos visages et tressions nos cheveux. Les joues et les yeux rougis, nous attendions dans le hall, regardant par la fenêtre pour reconnaître les voitures. Le soir, pendant le souper de famille, nous retenions un sourire devant la cire coulant des chandelles.

Les poupées russes

J'ai eu ma première grossesse à deux ans et demi. Je portais contre mon ventre un cochon en peluche nommé Félix. Il était moelleux, léger. Ses pattes arrière dépassaient par mon col et s'enroulaient autour de mon cou. Je coinçais le tissu de mon chandail dans l'élastique de mon pantalon pour ne pas que mon enfant tombe.

Ma mère était enceinte en même temps que moi. Comme elle, je dormais sur le dos, je me resservais du dessert et je marchais en cowboy, une main au creux des reins et l'autre sur le ventre, le dos arqué et le nombril tendu vers l'avant. Sur les cassettes vidéo de cette époque, on entend mes parents s'esclaffer mais moi, je reste très sérieuse. Je suis absorbée par mon scénario, j'arpente le salon en marmonnant. Mon père me demande ce que je raconte. Je lui lance un regard hautain sans répondre.

Avant de dormir, je demandais l'histoire de ma propre naissance. Ma mère me la racontait comme un moment de grande joie, elle ne me parlait pas de la douleur. J'avais l'impression que les enfants coulaient du ventre de leur mère. Quand elle se levait pour me laisser dormir, je craignais qu'elle ne laisse échapper ma sœur. Je connaissais chaque détail de ma venue au monde, à un tel point que j'ai fini par croire qu'il s'agissait de mes propres souvenirs : la valise pour l'hôpital, le repas du soir, le nom des infirmières. Ma mère me répétait que c'était moi qui avais choisi le moment de notre séparation ; je lui avais envoyé un signal. Je m'imaginais cogner à son ventre comme à une porte. L'oreille collée contre son nombril, j'encourageais ma sœur à sortir, je lui montrais le code qui me permettrait de la voir plus vite. Je rassurais Félix : sortir de mon corps ne lui ferait aucun mal, j'attendrais son signal. Même une fois qu'il serait né, je le serrerais contre moi et il pourrait profiter de ma chaleur. Cela me désespérait de n'avoir aucun souvenir du moment où j'étais dans le ventre de ma mère. Elle me disait que j'y étais bien, comme dans un bain. J'ai tenté longtemps de me l'imaginer ; la tête sous l'eau, je cognais contre la céramique de la baignoire puis ma tête émergeait.

Les grossesses se répandaient dans la maison comme un virus. Mes poupées étaient toutes enceintes, elles portaient un baluchon de tissu sous leurs vêtements. Je choisissais les noms de leur progéniture à venir. Même Félix, contre mon ventre, attendait un enfant : c'était une marionnette et, dans la fente où l'on insère la main, j'avais glissé une Barbie tout habillée. Nous enfantions des créatures différentes.

À la bibliothèque, je demandais des livres sur l'enfantement ; des encyclopédies du corps humain où étaient dessinées des femmes enceintes de profil et de face, le corps sectionné pour montrer les organes de la reproduction et la formation des enfants à chaque étape de la grossesse. La peau était unie, les fœtus roses, les eaux turquoise. Mon intérêt ne portait que sur l'étape précise de la formation des enfants, je ne me souciais pas de ce qui venait avant ou après. Je feuilletais à peine les pages sur la reproduction et, dès qu'apparaissait une image de bébé propre, en vie, séparé de sa mère, je refermais le livre. Les albums sur la gestation des animaux m'ont appris que la plupart de mes jouets auraient leurs enfants plus vite que moi. J'ai glissé une autre peluche sous mon chandail quand j'ai compris que mon ventre ne grossissait pas par lui-même. Mon abdomen était difforme, bossu. On m'a expliqué l'existence des jumeaux non identiques.

Mes jouets, ma mère et moi avons accouché le même jour : mes poupées ont retrouvé leur ventre plat, Félix est retourné sur mon oreiller. Il a donné naissance par césarienne quelques jours plus tard à la Barbie que j'avais oubliée jusque-là.

Après sa naissance, ma sœur m'intéressait beaucoup moins. Je détaillais son visage, le labyrinthe de ses oreilles et ses ongles comme des grains de riz. Je tâtais le cartilage souple du dessus de son crâne. Parfois, je pressais un peu plus fort sa tête. Je lui en voulais d'avoir été la dernière à séjourner dans le ventre de notre mère et d'en garder des souvenirs forcément plus précis que les miens.

* * *

Même si le jeu a pris fin à la naissance de ma sœur, ma fascination pour la grossesse ne m'a pas quittée. Je fixais les femmes enceintes dans les transports en commun. Je me répétais les détails de ma venue au monde, l'heure exacte : 2 heures 32. À l'école primaire, j'ai avoué cette information aux autres comme une confidence.

Avec mes amies, nous jouions à l'accouchement dans le grenier de mes parents : nous glissions la tête sous le chandail de l'une pendant que les autres jouaient le rôle du médecin et de l'infirmière. L'enfant découvrait tranquillement le visage pendant que la mère haletait et poussait des petits cris. La mère portait un tailleur, l'enfant nouait une corolle de dentelles autour de sa tête et le médecin manipulait un vieux stéthoscope, légué par une de mes tantes pour garnir mon coffre à déguisements. Je préférais de loin jouer l'enfant, pleurer et me laisser bercer; même si l'accoutrement était ridicule, cela me mettait moins mal à l'aise que de mimer l'accouchement. Je savais que notre scénario était étrange : j'insistais toujours pour que nous le gardions secret.

À la même époque, j'étais amoureuse d'une actrice; je collectionnais les images d'elle, j'imitais ses coiffures, je regardais tous ses films et je connaissais ses répliques par cœur. Je voulais lui ressembler, mais j'aurais aussi aimé être son enfant. Sous les couvertures, je retenais ma respiration et je m'imaginais être dans son ventre. Tapie au creux d'elle, j'entendais tout : ses battements de cœur, l'annonce de ma venue au monde, les paroles d'amour qu'elle me chuchoterait. Une ouverture dans la douillette pour respirer était la lucarne de son nombril. Je pouvais l'épier à chaque heure du jour.

J'ai souvent fait des rêves à propos de la grossesse. Parfois, j'étais enceinte d'une amie. Son corps était complètement formé, en miniature, dans mon ventre. Je pleurais parce qu'elle ne me ressemblait pas. Parfois, j'étais au chaud dans le corps d'une femme qu'on allait bientôt tuer ; je sentais le déchirement de la chair, puis la pointe du couteau contre ma gorge.

Une fois, j'ai rêvé que je me baignais avec Laure dans une grande piscine. Nous portions des robes, c'était la fin du monde. Les missiles pleuvaient, mais l'eau était douce et tiède. La membrane de tissu collée sur les cuisses de Laure était presque transparente, seuls quelques plis la séparaient de la nudité. Son corps était fantomatique, mais je le savais identique au mien : nous étions jumelles. J'ai enfoncé la tête sous l'eau pour ne plus entendre la pulsation des bombes. J'ai donné un coup de pied au fond de la piscine. Je débordais de lumière. Nous allions naître.

* * *

Quand j'ai eu mes premières menstruations, je n'ai pas tout de suite compris que le sang sur mes doigts, à la couleur rouille et à la texture d'œuf, était le mien. Ma mère m'a expliqué que, désormais, mon corps pouvait fabriquer des bébés. Cela m'a fait frissonner. Je n'ai jamais rejoué à l'accouchement avec mes amies. Il me semblait que le rôle de l'enfant m'était interdit. J'imaginais mon ventre gonflé, disséqué comme dans les encyclopédies ; un fœtus rose qui cognait contre mon nombril ; une main enfoncée à la recherche d'un animal en peluche. Je ne voulais pas être celle qu'on regarde dans les transports en commun. Je craignais qu'un petit être m'épie de l'intérieur.

LES PARFAITS REFLETS

J'ai quinze ans et je comprends que je ne suis pas belle. Laure est avec moi, nous nous maquillons à la lumière d'une ampoule nue, côte à côte devant le miroir. Nous portons des chandails identiques, nous avons le même âge, les mêmes gestes ; l'échancrure de nos cols laisse voir la peau de nos seins. Nous ne nous ressemblons pas. Laure a un grain de beauté pâle sur sa joue. Mes sourcils sont triangulaires, les siens expriment une surprise permanente. Mes cils sont courts ; les siens, épais. Mes lèvres sont plus minces. Sur son front uni, sa face ronde, le regard glisse ; sur mon visage, il y a des aspérités auxquelles on peut s'accrocher.

Laure dénude ses épaules, redresse le buste et le menton. Elle a déjà pris conscience de sa beauté, elle travaille ses expressions devant le miroir pour en mesurer l'effet. Je l'ai connue dans son reflet. Je l'ai regardée se regarder, chercher les miroirs du coin de l'œil, se détourner vers les vitrines pour corriger son expression. Je la décrirais inversée comme dans un miroir : son grain de beauté à gauche, sa mèche retenue par le pavillon de l'oreille droite. Sa bouche est toujours irritée, un peu effacée, et elle arrache des filaments de peau de ses lèvres du bout des dents, traçant des sillons d'un rouge profond.

Il me semble ne jamais avoir observé mon visage avant aujourd'hui. Je ne me reconnais jamais sur les photographies. Je regarde les images de moi avec étonnement, comme des témoins de toutes les personnes que je peux être. Sur les portraits d'été, je suis presque blonde. J'aime les photos floues, qui atténuent les défauts, ou encore la lumière vive qui donne un teint de coquille d'œuf. Quand on me photographie de dos, je deviens une étrangère que je jauge de la tête aux pieds.

Laure se maquille. Elle emplit les surfaces de peau symétriquement comme un dessin à numéros. Son teint est égal, ses joues rondes, le bâton de rouge glisse sur sa bouche et la fait luire d'une couleur vive. Je ressens la satisfaction que j'ai devant de grands pans de mur fraîchement peints.

Elle se retourne vers moi et lisse mes cheveux avec ses paumes, humidifie son index pour effacer une saleté sur ma joue. Cela me rappelle quand nous jouions au miroir, lorsque nous étions petites. Face à face, nous imitions nos gestes : nous tournions les yeux, nous nous pourléchions les lèvres, faisions les pires grimaces. À mon tour, j'effleure sa joue. Elle touche le bout de mon nez ; je pose mon pouce sur le sien. Elle bat des paupières ; moi aussi. Je dilate les narines et mords l'intérieur de mes joues. Elle m'imite.

Elle m'attend pendant que je mets mes verres de contact, une goutte sur le bout du doigt qui adhère à la cornée dans une succion souple. Je trace un grain de beauté avec la pointe d'un crayon brun clair sur ma joue. Je me retourne vers elle, vers son visage lisse, ses sourcils expressifs ; elle glousse, puis devient très sérieuse. À mon tour, je serre les dents et la fixe droit dans les yeux. Pour la première fois, mon visage est le parfait reflet du sien.

* * *

Je garde les enfants d'une artiste qui expose dans sa maison ses sculptures d'argile, surtout des études de nu, avec des modèles féminins. À la vue de ces corps, je cherche le mien, mais je ne me reconnais nulle part dans les statues de femmes couchées avec les seins en flaques, des bustes figés en plein mouvement, des cuisses musclées travaillées avec précision, des fesses larges avec des fossettes où se reflète la lumière. Toutes les parties du corps sont isolées : les cuisses sont coupées juste au-dessus des genoux, les bustes s'arrêtent au cou et aux coudes. Aucune sculpture n'a de visage.

Il y a une vingtaine de sculptures de cuisses écartées, fendues au milieu. Quand les enfants dorment, je m'approche pour détailler le modelé délicat. L'argile est ciselée dans un bas-relief raboteux, presque une texture. La chair reste froide au contact de ma main.

* * *

Plus jeunes, Laure et moi jouions à feuilleter les magazines de mode et, à chaque page, nous choisissions un modèle : *Moi, je suis elle. Moi, celle-là.* En réécoutant des films, nous devancions les répliques de celles « que nous étions ». Nous répétions le même manège avec tout : en marchant dans la rue, nous désignions les maisons que nous aimerions habiter, selon la forme de la lucarne ou les vapeurs de lessive qui s'échappaient des sous-sols. Nous irions à la mer dans cette voiture, nous ferions pousser dans ce jardin des fleurs pour faire des couronnes dans nos cheveux.

Je ne me souviens pas de nos corps. Nous devions être plus petites ; moins formées, plus potelées, comme de l'argile pas encore sculptée. Quand j'essaie de nous imaginer, je vois nos torses d'aujourd'hui où sont perchées des têtes d'enfants : nos visages que je peux revoir en photo, toujours souriants.

* * *

Il y a quelque temps, une compagnie de vêtements a utilisé des corps de femmes générés à l'ordinateur pour la publicité d'une nouvelle collection de soutiens-gorge. J'ai croisé les mannequins virtuelles au centre commercial, exhibées sur d'immenses affiches : on leur a accolé à chacune un visage différent, mais elles ont toutes le même corps. Une série de nombrils identiques, comme des virgules typographiées. Elles sont une armée de robots invincibles : nous ne serons jamais aussi parfaites, même en nous privant de dessert. Ces corps travaillés, figés, identiques, effroyables nous confrontent à la mollesse de nos chairs. Certains panneaux publicitaires en bordure d'autoroute sont vandalisés ; l'image pend, comme si les femmes s'étaient déshabillées, sauf qu'on voit le ciel plutôt que leurs seins.

Il y a eu une manifestation de gens nus pour protester. Nous l'avons regardée assises en Indien devant le téléviseur. Nous revenions d'une répétition de danse, nous portions nos justaucorps de ballet, et je retenais mon envie d'uriner. À l'écran, les femmes étaient de toutes les formes. Laure était fascinée par les poils, les bourrelets, la peau flasque : *J'espère ne jamais avoir l'air de ça.* Puis elle a découvert une fille très mince qui cachait son pubis avec ses mains : *Moi, je suis elle.* J'ai détaillé la scène pour trouver moi aussi un personnage, mais je n'ai pas réussi à choisir.

Cartographie des limites

Des femmes se tiennent en ligne, la tête haute. Elles ont la peau blanche, les doigts fins, les paupières lourdes. Leurs cheveux remontés sur leur nuque découvrent l'arc de leur cou. Au loin, je vois une caravane tirée par un âne et remplie de sacs d'épis de maïs. Elle semble avoir roulé d'un livre de contes jusqu'ici. Il n'est pas encore temps pour l'embarquement. Le paysage est vide, comme un dessin qu'on aurait abandonné. Seul un arbre aux branches nues est esquissé à la hâte, au crayon de plomb. Les femmes respirent avec douceur, mais le faible son qu'elles émettent résonne à mes oreilles comme un halètement fou.

Un homme s'approche. La blancheur du décor étouffe ses pas. Son chapeau découpe une ombre sur son visage. Je le vois toucher les ventres enflés des femmes. Du même coup, je suis aspirée par elles, et c'est ma présence qu'il effleure.

Je suis maintenant multiple, en miniature à l'intérieur de chaque corps. Je deviens ce qu'elles attendent. Je sens les battements de leurs cœurs. Leurs eaux sont chaudes comme un bain d'hiver. Ma peau s'engourdit, semble se détacher de mon corps. Je caresse l'intérieur des ventres avec mes doigts plissés.

Je connais déjà l'histoire. L'homme, maintenant très près, palpe l'atmosphère, trouve un long couteau et le manie avec un calme tranchant. Il entaille le ventre d'une femme, essuie la lame sur le tissu de sa chemise, la plante dans un autre corps. De gauche à droite, les mères éclatent et se dégonflent aussi vite que des ballons d'eau que l'on aurait lancés. Elles s'effondrent. Leur sang macule les branches de l'arbre. Je coule à l'extérieur d'elles. Leur peau pâle se noie dans le blanc. On ne distingue plus que leurs cheveux cuivrés et leurs robes imbibées d'eau sombre. Je ne pleure pas devant ce naufrage.

L'homme les prend comme des balles de foin. Il les empile une à une à l'arrière de la caravane. Je m'assoupis contre les seins lourds d'une femme au visage serein. À peine consciente, je sens la caravane qui s'ébranle. Je ne sais pas où elle nous mène.

* * *

Enfouie dans le lit, Laure semble avoir disparu : son corps gonfle à peine les draps, je ne vois que ses cheveux en éventail. J'entends sa mère tousser dans la chambre voisine. L'air est rare, une fine odeur de thé et de sueur. Il fera bientôt jour ; dehors, le lampadaire vient de s'éteindre. Le pied de mon amie dépasse des couvertures, un coquillage que j'aimerais porter à l'oreille. Les ongles ronds, coupés court, forment de fines lignes blanches ; les veines de la plante du pied, du lierre sous la peau presque translucide ; le talon est craquelé, quelques mousses de chaussette sont coincées dans les plis de la peau ; la cicatrice d'une ampoule reluit sur la cheville – une auréole rosée, au centre humide.

Elle ouvre les yeux, le regard voilé, aveugle un instant, et les lèvres encore gonflées par le sommeil, ourlées sur ses dents droites. Ses pupilles s'ajustent, se rétrécissent en une mince fente. Elle me caresse la joue avant de se lever. Elle arrache l'amas de cheveux sur sa brosse et le dépose sur la commode – un petit animal lové contre le miroir. Accroupie, elle fouille dans un tas de vêtements ; elle connaît par cœur la texture des étoffes, elle trouve une camisole, roulée dans une serviette humide. Elle la renifle, puis enlève son pyjama.

* * *

Nous parcourons ensemble le chemin vers l'école. Laure marche les pieds tournés vers l'intérieur, ses semelles sont usées en angle, le frottement de son sac relève sa robe. Elle s'arrête en chemin pour remonter ses collants jusqu'à mi-cuisse dans un bruit électrique ; ils glissent, l'élastique n'est pas assez serré. Je remarque le bâillement des mailles.

Nous parlons de la possibilité d'avoir un vertige, de tomber et de nous casser la tête sur le trottoir ; notre crâne se fendrait comme un œuf, nous nous effondrerions dans la rue, et les voitures nous écraseraient. Mes dents cassées sur l'asphalte feraient le bruit des ongles sur le tableau. Nous tentons de décrire le broiement des os. Les verres de mes lunettes éclateraient et se piqueraient dans mes yeux, fendraient la pupille comme un fruit mûr, des filets de sang couleraient sur mes joues quand je battrais des paupières.

Puis nous nous lançons des défis : porter nos vêtements à l'envers toute une journée, garder la tête sous l'eau plus d'une minute, retirer nos maillots dans la piscine des parents d'Ophélie, manquer un cours, être la dernière à s'endormir, inviter un garçon à nous embrasser dans le costumier de l'école, tutoyer la directrice, nous percer les oreilles avec une aiguille à coudre en gardant le visage impassible, voler des pièces dans le portefeuille de nos parents, monter dans la voiture du premier inconnu qui s'arrêterait sur le bord de la route.

* * *

En classe, Laure croise ses jambes même si elle porte des jupes. Elle laisse pendre son soulier verni, la sangle suspendue à son gros orteil. Elle réfléchit en mordillant sa lèvre inférieure. Quand elle écrit, elle trace les caractères un à un, en levant le crayon, plutôt que d'adopter un mouvement fluide, d'attacher ses lettres, comme moi. Elle n'a jamais le temps de terminer ses compositions. Ma calligraphie est irrégulière, alors que la sienne est ronde, dodue. Elle obtient toujours des délais de nos professeurs. Elle tente de m'enseigner sa technique : le regard par en dessous, les lèvres humides. Mais, venant de moi, ce serait ridicule.

* * *

Mon désir de beauté est paresseux : le matin, je laisse couler l'eau du robinet pendant que je lis, assise sur le bord de la baignoire, pour donner l'impression à ma mère que j'utilise les produits contre l'acné qu'elle m'achète. Sans mes lunettes, ma vision est brouillée comme sous l'eau, et je regarde les choses de près. J'ai les ongles sales et je gratte les gales sur mon menton.

Ma négligence ne semble pas déranger Laure, sauf les fois où elle prend la situation en main. Elle nettoie mes verres avec un pan de son chandail, découvrant son nombril. Elle me coupe les cheveux, les démêle avec ses doigts, replace ma frange mèche par mèche. La lame froide des ciseaux effleure ma nuque. Je balaie le sol et le carrelage redevient blanc, effacé.

* * *

Les parents de Sophie s'absentent pour la fin de semaine et nous buvons de l'alcool volé dans la cuisine, intimidés par les vitraux des portes d'armoire qui laissent deviner l'éclat des coupes, les carreaux du comptoir en céramique peinte, les casseroles pendues au-dessus de la cuisinière. Laure commence le jeu :

— Je n'ai jamais pris l'avion.

Moi oui, j'ai visité l'Europe avec mes parents l'été dernier : je prends une gorgée. L'alcool brûle ma gorge, j'essaie de ne pas trop grimacer. Laure me sourit, elle

33

le savait, elle a dit ça pour me faire boire. Marie prend le relais :

— Je ne me suis jamais fait vomir.

Du coin de l'œil, je regarde Laure lever son verre. Elle a déjà les lèvres et les dents tachées par le vin. Marie reprend :

— Je n'ai jamais eu mes règles.

— Moi non plus ! répond Guillaume.

Nous nous esclaffons. C'est le tour de Marie :

— Je n'ai jamais fait de nuit blanche.

Laure continue :

— Je n'ai jamais voulu mourir.

Nous serons soûls bien vite. Notre conversation bifurque vers les meilleures méthodes de suicide : les lignes de métro les plus achalandées, les bons médicaments sans risque de vomissement, le fusil sous la mâchoire, l'ouverture des veines des cuisses plutôt que de celles des bras.

— Je n'ai jamais embrassé personne, annonce Sophie avant de caler sa bière.

Tout le monde rit. Je renifle l'alcool clair, mais je ne trempe pas mes lèvres. Les autres s'exclament :

— Ce n'est pas vrai !

Je ne sais plus qui lance le défi, je ne proteste pas. Laure retire mes lunettes et approche son visage du mien. Nous fermons les yeux. Je sens la douceur et le frémissement de sa bouche, puis sa langue

souple ouvre mes lèvres. Les autres applau-
dissent, Laure se détache pour rire aussi. Je
reste un instant à la regarder, floue, avec sa
peau blanche et ses cheveux remontés sur
la nuque.

II.

CASSANDRE DESSINE
DES PLANS DE LA MAISON

Les ombres chassées

On a dit que mon père aimait les jeunes hommes, les coquilles de noix souples, la chair tendre des fruits frais; les élèves pas encore modelés qui passaient dans son bureau, l'un après l'autre, avec leurs uniformes impeccables, leurs chemises boutonnées jusqu'au col, leur ventre tendre de grands enfants, un bourrelet scindé en deux par la ceinture, le nœud de cravate un peu relâché en sortant du bureau, comme des poupées à la chaîne chiffonnées, imparfaites.

J'ai vu ces garçons défiler, éphèbes aux corps fragiles, prêts à s'effriter. Mon père était un bon tuteur, disait-on. Cette rumeur m'a lentement isolée. Pourtant, mon père m'a toujours semblé innocent, avec ses pommettes hautes, son silence, son regard triste et pâle, un peu flou, comme absent. J'ai l'impression qu'il ne les regardait pas, qu'il ne les a jamais regardés, et que regarder c'est consommer, tracer les contours du corps, du désir, mais il les détaillait froidement, comme on passe les yeux sur une liste.

Je ne mange jamais seule dans les lieux publics. Cela me rappelle les longs midis, à la cafétéria de l'école, assise à l'écart. Mes parents avaient préparé mon repas sans savoir que je dînais seule. Je savais que les mains de ma mère avaient beurré le pain, que les mains de mon père avaient tranché les légumes, je sentais leurs gestes à chaque bouchée. Je mangeais à peine et jetais les restes. Même chose lorsqu'on préparait mon costume pour une journée déguisée : ma mère s'emballait, me trouvait des accessoires et me prenait en photo, et je savais d'avance que je serais seule, dans un coin, mon chapeau de cowboy à la main, ce qui rendait ce moment plus cruel encore et les réjouissances de ma mère douloureuses.

Je n'ai jamais vu mes parents s'embrasser. Nous étions une famille unie, je ne leur reproche rien. Nous soupions tous les soirs ensemble, puis ils m'aidaient dans mes devoirs, ma répétition de piano. Quand mon père recevait des élèves, ma mère me faisait la lecture. Mais le temps passait – le bruit de l'horloge dans la cuisine silencieuse ponctuait ma soirée et me rappelait que je devrais affronter les autres enfants le lendemain, que l'heure du coucher approchait. L'aiguille vibrait plus fort dans le dernier quartier de cadran, elle devait prendre son élan pour la remontée – elle résonnait dans mon corps, j'étais consciente de la fin de chaque minute.

Pour rassurer mes parents, je m'inventais des amies, des jeunes filles avec des prénoms de fleurs qui me disaient tout et échangeaient avec moi des friandises, des pastilles roses que je suçais passionnément, à m'en irriter l'intérieur des joues. Parfois, mes parents doublaient ma portion de dessert dans mon lunch pour que je partage avec elles. Je jetais le gâteau dans la salle de bain de l'école avant de m'éterniser dans une cabine, un livre sur les genoux, en attente de la cloche.

Les jours de congé, ma solitude n'était plus du rejet – nous faisions la lessive, j'aidais ma mère à plier des vêtements, je me souviens de l'odeur. Mes parents me décrivaient comme une enfant émotive.

L'été, je devais me coucher entre chien et loup, disaient-ils, j'avais peur du loup. C'est toujours ma mère qui me bordait, sauf les soirs où Laure nous rendait visite. Alors, mon père faisait mon lit avec précaution, il faisait gonfler les oreillers et ouvrait le coin des draps comme un livre corné. Il allumait ma lampe de chevet. Les motifs de l'abat-jour découpaient des formes sur le mur.

Parfois, ces soirs-là, ma mère revenait plus tard dans la nuit, elle me disait que j'étais une bonne fille, elle m'embrassait sur le front. Je me rappelle son odeur de fièvre, ses joues rouges, ses yeux vitreux, son haleine légèrement acide, fleurie, qui me faisait deviner une intimité qui n'était pas la mienne ni la sienne. Ce mûrissement de la peau me faisait sentir son vieillissement : ma mère allait mourir un jour.

Laure et ma mère se connaissaient depuis l'enfance, elles avaient accordé leur pas l'une à l'autre. Mon père appelait ma mère Florence, mais Laure n'avait jamais besoin de dire son nom, elle avait déjà toute son attention. Elles se suivaient de si près que nous ne savions plus qui était l'ombre de qui. Je connaissais leur chaleur : celle de ma mère était un peu diffuse, ses mains toujours froides ; celle de Laure était pleine, ronde – une douceur égale émanait de tous les replis de sa peau. Quand elle posait sa main sur la hanche de ma mère, qu'elle frôlait son ventre, je ressentais un pincement : elle s'aventurait sur mon territoire.

Chaque fois que je me réveillais, jusqu'à l'adolescence, j'allais vérifier si mes parents étaient couchés ensemble, si aucun des deux n'avait fui. Laure n'est jamais venue à la maison accompagnée d'un homme. Je pensais qu'un jour elle déguiserait ma mère en garçon, chemise boutonnée et pantalon propre, qu'elle couperait ses cheveux. J'imaginais les boucles tomber au sol comme des samares.

J'ai cru longtemps que les hommes et les femmes faisaient des enfants puis se retournaient vers leurs semblables, comme on se regarde dans le miroir. Je croisais souvent les élèves de mon père à l'école. Je les trouvais tous si beaux, mais ils ne me voyaient pas. J'aurais voulu leur dire à l'oreille que je les aimais et que nous pourrions nous marier avant que je me trouve une femme et qu'eux se trouvent des maris. Ils sonnaient chez moi, montraient leur main enfarinée, leurs dents droites. Je me choisissais un favori et je guettais sa venue, je me balançais d'un pied sur l'autre, vêtue de ma robe à carreaux. Je répondais en tortillant mon ourlet, les cheveux tressés et le regard par en dessous, dans l'espoir de croiser mon élu, jamais le même.

Le matin, je voyais parfois des couronnes de dents creusées en relief dans la peau du cou de ma mère. Si je me levais pendant la nuit et que je regardais par la fente de la porte de la chambre d'amis, des silhouettes s'allongeaient sur les murs, des ombres penchées se chassaient, comme dansantes. Je n'ai jamais rien dit de ces rencontres nocturnes, je me sentais complice. Mais j'ai aussi écouté aux portes des leçons du bureau de mon père et je n'entendais que toux, paroles basses et bruit de feuilles froissées.

Je n'ai jamais rien démenti des rumeurs au sujet de mes parents parce que je les croyais vaguement coupables. Une seule fois, j'ai failli en parler avec ma mère, je devais avoir douze ans. Je sentais le malaise dans sa voix, elle regardait par la fenêtre. Nous étions assises autour d'un casse-tête commencé la veille : des sirènes dansant sur un fond marin. Je fixais l'image sur la boîte, puis les morceaux éparpillés sur la table. Ma mère m'a conseillé d'assembler le banc de poissons, elle avait déjà classé les pièces. Elle m'a demandé si, moi aussi, j'avais des amies que j'aimais beaucoup, j'ai dit : *Oui*. J'ai essayé de placer la nageoire d'un poisson-lune, puis j'ai ajouté : *Parfois, moi aussi, j'ai envie d'être leur ombre*. Elle a arrêté son geste et m'a demandé ce que je voulais dire. J'ai haussé les épaules. Nous n'avons plus parlé que de l'image de moins en moins trouée. Il ne manquait aucun morceau.

LES BONNES MANIÈRES

Plus petite, j'étais ce qu'on appelle une enfant difficile, si colérique qu'un jour, ma mère m'a ligotée sur une chaise. Pendant mes crises, je mordais et griffais, je hurlais tellement que je manquais d'air et m'évanouissais. Je suis fascinée par une photo de moi enfant, rieuse, les cheveux mouillés à l'heure du bain. J'essaie d'imaginer la morsure des dents de lait sur le bras de ma mère, à peine une ligne pâle sur la gencive. Ce sont les mêmes mains, pleines de savon, qui ont frappé le sol, lancé des jouets ; je ne réussis pas à voir si j'ai les ongles coupés.

À cette époque, j'avais un problème d'élocution : j'étais une grande *quille*, je m'assoyais sur les *tètes*, j'aimais les histoires de *tatadets*. Mes parents disaient : *Ça va passer, elle apprend encore à parler*. Mais ça ne passait pas et, à l'école primaire, je mélangeais toujours les consonnes, les autres enfants ne me comprenaient pas, et mes parents répétaient mes erreurs à leurs amis. Je suis allée voir l'orthophoniste deux fois par semaine ; on jouait à des jeux de société et je devais nommer les mots correctement avant de lancer les dés.

Lorsque mon problème de langage a été réglé, j'ai commencé les cours d'anglais. Je venais d'apprendre qu'une autre langue existait, alors que les autres passaient depuis des années leurs vacances à Ogunquit et prononçaient les *th* correctement. Au début, la langue me paraissait simple : je traduisais mot à mot les phrases avec mon dictionnaire bilingue. Mais lorsque j'ai compris que l'anglais avait une autre structure, ça m'a paru impossible et j'ai demandé à mes parents de me retirer de l'école. Ils ont refusé, je me suis fait vomir. Les autres enfants, fiers d'avoir des cours d'anglais, me demandaient chaque matin : *Hello, how are you?* Je les aurais griffés.

Je me rappelle une crise où je m'étais cachée dans la garde-robe, je ne voulais pas me brosser les dents, je détestais le goût de la menthe qui brûlait la langue. Je hurlais en m'enfonçant dans les manteaux d'hiver pour ne pas me faire attraper par mon père. Il a menacé d'appeler la directrice de l'école : elle annoncerait à l'interphone que j'étais colérique et que j'avais les dents sales.

Je n'aurais pas survécu à une telle humiliation, je voulais rester le plus discrète possible. J'y parvenais, la plupart du temps. Une fois, je pensais que c'était le cours d'éducation physique, et je suis rentrée avant tout le monde pour me changer dans la classe. J'étais torse nu derrière mon pupitre lorsque la professeure m'a demandé ce que je faisais. Les autres riaient, je m'étais trompée, c'était période de mathématiques. Si j'y repense, ma honte est encore vive, un trou dans le ventre peut m'aspirer, je m'arrête pour retrouver mon équilibre et je me cache le visage.

J'ai appris à respecter certaines règles pour éviter la honte, que je me récite encore aujourd'hui :

1. Ne jamais pleurer à l'école.
2. Porter une robe le jour de la photo de classe. La première année, je portais une veste en tricot par-dessus une chemise que ma mère avait cousue elle-même : en coton piqué de pâquerettes, avec des motifs d'oursons. L'enseignante a dit : *Pauvre petite, tes parents ont oublié que c'était la photo. Je peux les appeler pour qu'ils viennent te chercher.*
3. Ne pas m'habiller comme une autre personne de la classe. Je porte mes vêtements neufs le plus vite possible pour marquer mon territoire, avant que quelqu'un d'autre s'affiche avec le même morceau.

4. Me concentrer pour éviter d'appeler la professeure maman par erreur.
5. Ne pas parler seule, même si je me raconte une histoire.
6. Ne pas repasser deux fois devant les mêmes groupes, lorsque je marche dans les corridors de l'école pour avoir l'air occupée, en direction de quelque chose, sinon les autres voient clair dans mon manège.
7. Éviter à tout prix d'aller à l'école si j'ai un feu sauvage, pire que la défiguration, mon humiliation devenue visible. L'expression « feu sauvage » m'a longtemps fait peur, j'imaginais un incendie incontrôlable me dévorer le visage, comme la rage d'enfant qui s'emparait de moi. Je le sentais brûler, pousser, je me couchais sur le côté pour que le sang ne puisse s'y rendre et alimenter la bête, et je me réveillais avec un chou-fleur bourgeonné au coin des lèvres. Personne ne voudrait jamais m'embrasser.
8. Ne plus faire de crise, surtout pas en public.

Lorsque mes parents m'ont annoncé qu'on devait déménager, j'ai voulu taper du poing et cracher. Mais je suis restée assise, ligotée.

La carte du trésor

J'aimerais t'inviter chez moi. Ma rue est très calme, alors dès que j'entendrais le roulement d'une voiture ou des bruits de pas sur le trottoir, je saurais que c'est toi. Je t'attendrais à la fenêtre, mais je retournerais vite m'asseoir sur le sofa, un livre sur les genoux, pour que ça ne se voie pas. J'aurais plié avec soin les couvertures sur le dossier du fauteuil, c'est toujours la touche finale de mon ménage. Au retentissement de la sonnerie, je bondirais. J'accrocherais ta veste dans la garde-robe, je te laisserais retirer tes chaussures et je les placerais bien droites, sur la bouche de chauffage. Je resterais un instant immobile, les pieds nus sur le fer forgé bouillant, le souffle de la ventilation sous ma jupe, profitant de la joie d'avoir un invité. Je te présenterais mon chat, venu à notre rencontre, ses pattes arrière courraient dans le vide, je le laisserais partir et j'époussetterais les poils sur ma robe.

Je te ferais visiter la maison pièce par pièce. J'ai toujours vécu ici, des lattes sont renfoncées parce que j'ai fait de la bicyclette dans le couloir, les traits de couteau dans ce cadre de porte marquent ma croissance. Je plierais les genoux pour me retrouver à cinq ans, sept ans, neuf ans devant toi. Je te prierais de ne pas faire attention aux boîtes dans le chemin. Dans la cuisine, je t'offrirais jus, café, bière, seulement de l'eau – j'ai souvent vu ma mère en faire autant. Pendant que tu porterais le verre à tes lèvres, je ne saurais pas quoi dire. Nous entendrions le ronflement du réfrigérateur et la goutte d'eau qui claque sur les plats de plastique dans l'évier.

Méthodique, je te montrerais le sous-sol. Je répéterais que cet étage n'est « pas fini » devant la mousse d'isolement, l'ampoule nue, le sol en pierre terreuse. Dans le coin laveuse-sécheuse, mes parents ont entreposé des provisions : des marinades, des cœurs d'artichauts, des olives, des biscottes, des pâtes, de la soupe. Elles me rassurent dans mes scénarios d'apocalypse, mais ces temps-ci, les réserves diminuent. J'ouvrirais le congélateur et t'expliquerais le classement, les dates inscrites au feutre sur les pots de yogourt – nous pourrions survivre au moins un mois ici, toi et moi, si un missile tombait maintenant sur la ville ou si une alerte de zombies se déclarait, il y a même des couvertures de laine propres.

Je suis fière que la maison ait quatre étages, j'ai l'impression de vivre dans un manoir, même si je sais que c'est un peu de la triche de compter la cave et le grenier.

En passant devant le piano, je jouerais, debout, le début de *Für Elise*, le plus rapidement possible pour avoir l'air virtuose. Mais je serais gênée et je m'arrêterais après quelques mesures. J'espérerais que tu me demandes de jouer plus longtemps, mais je ne t'en voudrais pas si tu ne le faisais pas.

Je grimperais les marches deux à deux, pressée de te montrer l'étage. Tu serais moins rapide que moi, je glisserais sur la rampe pour te rejoindre et je te prendrais par la main. Tout de suite à ta gauche, il y aurait la salle de bain, ensoleillée le matin, le chat y serait sans doute couché. Je replacerais le tapis pour cacher le bois pourri devant la cabine de la douche. Il y aurait une boîte d'allumettes sur le bord du bain, pour chasser les odeurs ; j'en ferais craquer une et ça sentirait l'anniversaire.

Je te guiderais ensuite vers la pièce de couture, c'était ma chambre avant, d'où la couleur rose – c'est moi qui l'ai choisie, la teinte s'appelle «joues de geisha», j'hésitais entre «fleur de lotus» et «joues de geisha», mais je voulais pouvoir souhaiter la bienvenue aux autres dans ma chambre couleur joues de geisha, avec le bras tendu et la voix cérémonieuse d'un directeur de cirque. Je pincerais mes joues très fort, devant le mur, tu verrais bien que je n'ai pas de sang japonais.

Puis je te montrerais le sac de retailles de tissus, et mes étoffes préférées : la flanelle pour coudre des pantalons de pyjama ; mon vieux drap en lambeaux, presque translucide, que ma mère veut transformer en guenilles. C'est elle – ma mère – qui classe les boutons dans des capsules de médicaments : je les verserais sur le sol, ils couleraient comme le sable, je les laisserais se répandre avant de les classer. Il y en a des simples, percés de deux ou quatre trous, je les dispose toujours selon un dégradé de couleurs ; d'autres sont ronds, bombés ou travaillés comme de petits bijoux. Je trouverais celui que je préfère pour te l'offrir. Je te ferais ouvrir les paumes et j'en profiterais pour effleurer tes mains.

C'est ici que je fais des bricolages, ma mère me permet de me servir de son matériel. Je te montrerais mes sculptures en pâte de sel et j'espérerais que tu ne remarques pas le dessous des socles sans peinture, que je laisse pour pouvoir les lécher en cachette.

Dans le couloir, j'éviterais les lattes qui craquent. Je sais exactement lesquelles – lorsque je vais aux toilettes, la nuit, je me repère grâce à la lumière du lampadaire, et je ne dévie jamais de ma trajectoire afin de me faire la plus discrète possible. Je te proposerais de te raconter, plus tard, ce que je surprends parfois la nuit.

Tu remarquerais sans doute l'échelle, déposée contre le mur du couloir : elle sert à atteindre la trappe du grenier, les barreaux roulent sous nos pieds, mais nous ne monterions pas tout de suite, une chose à la fois.

Je t'inviterais plutôt dans ma nouvelle chambre, la pièce de résistance de la visite. Mon lit serait fait et j'aurais soigné la disposition de mes peluches et de mes poupées sur mes oreillers, les regroupant par familles. Je te présenterais à mon jouet préféré, Félix, trônant devant les autres. C'est une marionnette grise et effilochée, elle appartenait à ma mère. Je glisserais ma main dans son corps et te chatouillerais à travers la peluche.

Je sortirais mon cahier à dessins afin que nous le feuilletions ensemble. Je dessine beaucoup, partout, mais j'ai peu d'occasions de montrer mon œuvre : à l'école, le trou d'une feuille de cartable devient une pupille, un nez de clown, un nombril, et je garde tous ces croquis, que j'insère dans ce cahier. Je te regarderais humecter ton pouce pour tourner les pages plus facilement.

Je dessine surtout des portraits. Mon père m'a appris les proportions ; la distance d'un œil entre les deux yeux, ou encore le front beaucoup plus large qu'on le croit, au moins la moitié du visage. Il m'a aussi appris les perspectives : je trace un point de fuite, puis des rayons pointillés, que j'efface ensuite, mais qui me servent à placer les objets dans l'espace. J'aime beaucoup reproduire des cubes, la profondeur me fascine, et j'en ai réussi un parfait, aux lignes pleines et sombres. Ces temps-ci, je fais des plans de toutes les pièces de la maison, j'essaie de les faire à l'échelle, ça m'aidera à m'en souvenir.

C'était mon rêve avant, de déménager, d'avoir une nouvelle chambre (c'est pour cela que j'ai déserté la salle de couture, mes parents voulaient me faire plaisir). Mais, maintenant, je ne sais plus. Je fais souvent des cauchemars où tous les meubles sont placés autrement, ou de la même façon, mais dans une autre maison. Je te montrerais la clé patinée de la maison, douce et froide. J'aimerais pouvoir la garder dans mon trousseau, elle clinquerait contre des clés nettes.

Ces temps-ci, mes parents me demandent de classer mes jouets, de ne garder que ceux auxquels je tiens vraiment. Je pleure parce que je ne veux rien jeter. Je collectionne tout – les roches, les figurines, les peluches, les coquillages. Je ne veux pas abandonner les jouets avec des visages, animaux ou humains, je devine la colère et la tristesse dans leurs yeux. En faisant le ménage, je retrouve des vêtements de poupée, ou encore un morceau de casse-tête, sous mon lit : la tête d'une princesse blonde, scindée en deux.

Nous organiserons une vente de garage avant notre départ. J'étalerai une nappe de Noël sur la table et je coifferai mes cheveux avec ma plus belle barrette. J'exposerai mes jouets et je préparerai des cartons pour les présenter, j'écrirai leurs noms et leurs plus grandes qualités, mon père appellera ça « mon orphelinat particulier ». Je vendrai aussi ma pyrite de fer et des roches peintes, mes premières œuvres que je consens à laisser partir. Je me prendrai à mon rôle et j'expliquerai les formes de la pierre avec entrain. Si tu viens me voir, je te ferai des rabais.

Ce seront surtout les voisins qui visiteront ma table, les enfants avec qui je prends l'autobus au coin de la rue. Je les verrai pour la dernière fois, leurs sourires dévoileront des dents courtes et pointues. Nous ferons comme si de rien n'était devant les adultes, mais je ne pourrai m'empêcher de penser, en les voyant repartir chez eux, qu'ils construiront, avec mes blocs, des maisons avec les poings mêmes dont ils se sont servis pour me frapper – je ne laisserai pas enlever mes animaux de plastique.

J'ai aussi commencé à faire de la bande dessinée. Je te montrerais mes premières planches : je trace des nuages au-dessus de la tête des personnages pour noter leurs pensées (mon père me demande pourquoi je ne fais pas de bulle classique, pourquoi personne ne parle, et je lui réponds que je préfère les nuages).

J'aimerais faire ton portrait, mais je ne voudrais pas t'accaparer trop longtemps, et il y aurait encore la chambre de mes parents, le bureau, la chambre d'amis et le grenier à visiter. J'aurais hâte de te montrer cet étage, je n'y vais pas souvent.

Une fois là-haut, je refermerais la trappe derrière nous. Si je te fais confiance, je te montrerais un secret – une boîte à chaussures sur la dernière étagère de la bibliothèque. Je grimperais sur un tabouret pour l'attraper. Il faudrait nous cacher, faire une cabane avec un drap pour ne pas être surpris. Je l'ouvrirais devant toi comme un coffre aux trésors, tu verrais une pile de papiers, et je trouverais vite ce que je cherchais : une photographie de ma mère nue. Je te ferais remarquer son calme, sa fragilité, ses seins comme des œufs tournés, on pourrait percer ses mamelons avec la pointe d'une fourchette. Ses imperfections m'apparaissent comme des preuves de son innocence. On ne peut accuser cette femme de rien.

Je profiterais de notre proximité, de ce moment où nous serions tous les deux penchés sur la photographie, pour tendre les lèvres. Tu ne me repousserais pas. J'entrouvrirais les yeux pour contempler nos ombres sur le mur. Ma mère a une amie qui revient toujours à la maison, c'est peut-être comme ça qu'elle la retient.

Hier, mes parents ont terminé de tout emballer. J'ai été rassurée de trouver la boîte à chaussures dans les articles de cuisine. Pour me changer les idées, mon père m'a montré à faire des plans à vol d'oiseau. Je m'imagine voler et voir les choses de haut. J'ai dessiné les pièces de la maison dans cette nouvelle perspective, des rectangles pour représenter les meubles et des ronds pour le haut de nos têtes. J'ai aussi fait des cartes du quartier ; toutes les rues et mon trajet jusqu'à l'école.

Mon père me dit que le déménagement élargira mes horizons, que je trouverai de nouvelles échelles, que je dessinerai de nouvelles cartes. Et que je pourrai toujours revenir ici en ouvrant mon cahier à dessins et, peut-être même, convier un ami.

Nous redescendrions l'échelle, et je te laisserais partir en t'avertissant : la prochaine fois que tu passeras devant la maison, ce sera chez quelqu'un d'autre. Mais je te donnerai ma nouvelle adresse, et tu sauras me trouver.

Avis de recherche

Les inconnus qui nous observent de loin nous prennent sans doute pour une mère et sa fille en vacances. Nous sommes arrivées la semaine dernière et nous passons nos journées en bikini sur la plage, notre pique-nique éventré sur une courtepointe. Je joue au bord de l'eau et Laure, couchée dans le sable, se déplace avec les marées. Lorsque je m'aventure dans la mer, elle se relève, s'appuie sur les coudes pour me surveiller, même si je sais nager et que je ne vais jamais plus profond que la taille. Au coucher de soleil, nous marchons côte à côte sur la grève, nos chapeaux de paille à la main, et je tente de déjouer nos ombres grandissantes, prêtes à nous avaler.

Pourtant, s'ils s'approchaient, ils verraient bien que nous ne nous ressemblons pas et que le ventre de Laure est intact, souple, il ne peut pas m'avoir portée. Si nous retirions ces lunettes de soleil démesurées qui nous donnent l'air de grandes dames, ils pourraient comparer nos yeux : les miens sont sombres, on distingue à peine la pupille, alors que ceux de Laure sont clairs, presque liquides, le monde s'y reflète, on dirait de petites planètes.

J'aime imaginer qu'elle m'a kidnappée. Elle serait venue me cueillir à la sortie de l'école, je l'aurais suivie sans me méfier d'une femme si belle, si blonde. Elle demanderait une rançon faramineuse en menaçant de me disséquer pour vendre mes organes sur le marché noir; la police serait à nos trousses, on organiserait des battues. Des avis de recherche circuleraient partout, avec un portrait de moi, souriante, la tête coiffée d'une couronne – mes parents auraient fourni une photo prise le jour de mon dernier anniversaire. À l'école, on ne parlerait plus que de moi. La professeure expliquerait les participes passés, *j'ai été, tu as été*, et les enfants chuchoteraient entre eux : *Mais elle a été quoi, au juste ?*

Laure m'appelle princesse et obéit à tous mes caprices, comme le font les kidnappeurs pour gagner la confiance des enfants : nous ne mangeons que des macaronis à la sauce soya et des céréales sucrées, des croustilles et du melon gluant de sable. Sur la route, nous nous sommes arrêtées dans les casse-croûtes et j'ai pu commander des frites à chaque repas. À la douane, malgré mes regards tragiques, l'agent ne s'est rendu compte de rien. J'essaie de regarder Laure comme une inconnue, mais je la connais depuis toujours, je ne saurais décrire autrement ses traits familiers qu'en disant : *C'est elle, c'est Laure.* Je manigance des plans pour échapper à sa surveillance et m'enfuir, mais je reviens vers elle avant qu'elle ait besoin de m'appeler, pour éviter d'entendre mon nom.

Une série de cabines identiques se dressent près de la mer, dans les herbes hautes qui poussent à la limite de la plage ; des constructions sommaires à la peinture écaillée, montées sur pilotis, avec des galeries blanches, presque aveuglantes, des portes-moustiquaires et des chaises longues en plastique tournées vers la mer. Je reconnais la nôtre à nos culottes et nos robes de la veille, gonflées par le vent sur la corde à linge. Nous lavons nos sous-vêtements dans le lavabo de la toilette et nous laissons sécher les autres morceaux croûtés de sel. À l'approche de notre cabine, le parfum de lavande, de sueur et de poussière s'intensifie.

Je sais que l'intérieur des habitations se ressemble aussi : même papier peint taché d'humidité, même plancher de bois, même odeur d'église. Lorsqu'une fenêtre voisine s'illumine, je suis satisfaite de reconnaître l'ameublement – en vivant dans notre cabine, c'est comme si j'avais visité la trentaine d'habitations cordées sur la plage. Je suis obsédée par les maisons inconnues. J'aimerais avoir des amis pour qu'ils m'invitent chez eux. Je m'imagine souvent être invisible et pénétrer chez mes voisins. Je ne volerais rien, mais j'observerais tout : je fouillerais les tiroirs, les garde-manger, je toucherais les draps, je jouerais dans la chambre des enfants. Lorsque je serai adulte, je visiterai toutes les maisons en vente. J'en ai vu beaucoup en chemin vers ici, quand nous passions dans les villes ; j'imaginais le quotidien des familles qui y habitaient, tandis que je suivais des yeux les fils électriques ou le mouvement des nuages jusqu'à l'étourdissement, la lumière des phares sur l'asphalte humide.

Le soir, accroupie au fond de la baignoire, sous le jet de la douche, je regarde le sable s'écouler entre mes pieds. Je tourne le robinet d'eau chaude, savoure l'engourdissement et griffe mes cuisses pour les barrer de stries rouges. Peu importe le temps passé sous l'eau, des grains de sable se retrouvent dans les replis de ma peau, dans les colimaçons huileux de mes oreilles. Avant de m'endormir, je cartographie mon corps comme on compte des moutons. Mes grains de beauté, mes piqûres de moustique ; mon nombril fermé, à l'odeur de lait cru. J'arrache les gales de mes écorchures.

Je reprends aussi le scénario que je me raconte tous les soirs pour trouver le sommeil : je m'imagine être une esclave. Je travaillerais sur un chantier pour construire des parcs d'attractions destinés aux enfants riches, des manèges qui montent au-dessus des nuages ; j'aurais travaillé dans le froid, mes pieds seraient glacés et je serais à l'infirmerie. Au chaud sous les couvertures, je m'exerce à ne plus sentir mes membres. Ou bien : j'aurais passé toute la journée au soleil et mon dos serait recouvert de cloques. Je perce du bout de l'ongle le bulbe d'eau sur mon talon et j'imagine cette brûlure sur tout mon corps. Je ne suis plus dans la cabine au bord de la mer, mais couchée directement sur le sol : je me concentre pour ressentir la texture du bois, et le nez en plastique de ma peluche comme un clou dans mon dos.

Lorsque Laure rentre se coucher, c'est mon geôlier qui s'approche : je me cache sous les draps et retiens ma respiration, frémissant de peur – et d'excitation – à l'idée d'être découverte. À la maison, ma chambre est à côté de la toilette, et je ne m'endors pas avant d'avoir entendu ma mère uriner. Le bruit d'eau me rassure, mais il ne cadre pas dans mon histoire : c'est un murmure trop doux. Ma mère est là, je ne suis plus une orpheline malmenée par des maîtres cruels, je ferme les yeux et recommence l'intrigue le lendemain. Ici, ma couchette est au fond de la pièce, mais j'entends tout de même Laure : le jet d'urine est plus lointain, puissant et rapide au début, puis chantant. Ce n'est pas pareil.

Laure ne trouve pas le sommeil ; toutes les nuits depuis notre arrivée, je l'entends se retourner dans son lit, se lever et marcher sur la pointe des pieds. Elle finit par faire glisser son matelas jusque sur la galerie. Je la retrouve au matin inondée de soleil, perdue dans ses draps comme en mer, la jambe en crochet par-dessus les couvertures. Le drap contour se détache et découvre un sommier bruni, aux coutures effacées. Je vais me coucher avec elle et je cherche les cheveux blancs dans sa blondeur. L'âge commence à entamer son visage, mais ce n'est que de très près que l'on peut remarquer ses rides. Sa peau est plus mince, on devine ses veines bleutées, et je sens pour la première fois cette odeur de vieillesse, de fleurs fanées, écrasées. Je me retourne sur le flanc et regarde la mer découpée par les barreaux de la clôture : je nous imagine en prison, ensemble, Laure et moi. Je suis heureuse de ne pas être seule.

Aujourd'hui, elle s'éloigne sur la grève pour parler au téléphone. Je reste assise au bord de l'eau et la regarde rétrécir à l'horizon. Sa peau et sa tête blonde sont dorées par le soleil, comme le sable : on pourrait la confondre avec la plage. Je crains qu'une bourrasque ne disperse ses traits grain par grain. J'éternue dans mes mains et je détaille mon mucus, une toile visqueuse où flotte du sang clair, puis je les rince dans la mer. Je m'imagine malade, à l'article de la mort, forte et résignée ; ma mère, mon père et Laure resteraient tout le jour à mon chevet et tenteraient de cacher leur tristesse que je devinerais malgré tout. Laure me rejoint et me passe l'appareil. Ma mère a la voix rauque, texturée, grave, je ne la reconnais pas. Elle m'explique que j'irai vivre avec Laure pour quelque temps. Mes parents ont besoin de temps. Je ne dois pas m'inquiéter. Elle m'aime. Papa aussi.

Laure se couche sur le dos, son livre ouvert pointu comme un toit de cabane sur son visage. Je devine qu'elle pleure aux soubresauts de son corps ; un faible tressautement du torse, les tics soudains de la jambe. L'agitation d'une mer calme. Lorsqu'elle se relève, la forme de son corps reste imprimée dans le sable. Je m'y love pour découvrir ma nouvelle maison et je rêve d'y ériger un château que je visiterais pièce par pièce.

III.

LAURE OUVRE LES FENÊTRES

Calquer nos insomnies

Cassandre dessine sa famille et je me reconnais dans ce personnage un peu en retrait, avec les cheveux jaunes raides sur la tête comme des pâtes sèches. Je ne sais pas comment elle explique la composition de son dessin, à l'école ; je deviens peut-être sa grande sœur, sa tante qui vit à la maison, ou sa cousine venue de très loin, d'une île exotique où les habitants ont les cheveux fluo et portent des robes triangulaires aux couleurs vives.

J'ai connu Cassandre dans le ventre de Florence. Je plaçais mes mains en porte-voix pour lui parler à l'insu de sa mère et je faisais semblant qu'elle me répondait, un dialogue inventé et absurde. Après sa naissance, je la prenais dans mes bras et continuais de lui donner la réplique. Je décodais des paroles de sagesse dans son babillement et la mimais avec un ton posé d'adulte qui a vu neiger. Lorsqu'elle a commencé à me répondre, je me suis étonnée de rencontrer une inconnue, un prolongement du corps de mon amie, mais avec des pensées et une vie propres. Elle a poussé, grandi et s'est éloignée de nous, juste assez pour nous regarder avec ses yeux qui ne sont pas tout à fait les nôtres. Ses gestes sont devenus de plus en plus flous, de plus en plus libres, comme un calque d'abord tracé à l'identique, qui devient asymétrique une fois les feuilles séparées.

Je ne sais pas ce que cette enfant comprend de moi. Sur ses croquis, j'ai toujours des tenues extravagantes, quatre ou cinq cheveux, des longs cils qui dépassent la sphère de mon visage, alors que je me maquille peu et qu'elle me voit d'ordinaire dans des vêtements neutres, des pantalons et des cardigans. Et le plus étrange, c'est qu'on me reconnaît toujours. Des fois, elle me dessine seule, ou tenant un chat par la main, mais c'est nécessairement moi.

Avant la naissance de Cassandre, j'imaginais qu'elle serait comme sa mère, avec le même visage, mais en plus petite, les cheveux tressés, une incisive en moins, des yeux neufs pas encore abîmés par le soleil et la lecture ; je me réjouissais de retrouver la Florence que j'ai connue enfant. Mais Cassandre était dodue et l'est restée, ses cheveux sont droits, il faudrait les faire bouillir pour les assouplir ; elle parle en aspirant sa salive comme si elle avait un appareil dentaire. Bambine, elle applaudissait mes grimaces avec les bras mous, désarticulés. Elle a un vocabulaire riche pour son âge, elle comprend des mots que nous ne lui avons pas enseignés. J'ai dû apprendre à la connaître.

Nous devons faire attention à ce qu'elle voit, ce qu'elle sait. Il me semble que les enfants sont comme des négatifs en attente d'être développés : la moindre tache devient apparente, sombre et creuse une fois agrandie. Moi qui suis très maladroite, qui garde au creux de mes paumes les cicatrices des coupes cassées, qui entends encore l'écho des objets échappés, je touche Cassandre et lui parle avec précaution. Devant elle, je ne me fâche jamais, je ne contredis pas ses parents, je ne pleure pas. J'essaie de ne pas la tacher.

Avant sa grossesse, mon amie était maigre, les côtes saillantes et les hanches droites, les seins pointant sous ses chemises. Ses vêtements étaient amples, au moins deux fois sa taille. Elle gardait ses cheveux courts et traquait le moindre poil, les jambes et le pubis lisses comme du papier. Sa peau recouverte de talc sentait le savon et le parchemin, si bien que je ne connaissais pas l'odeur de son corps. Puis il semble qu'elle ait consenti à vivre. Elle a abandonné sa retenue et s'est laissée pousser, mûrir, grossir. La métamorphose de son corps s'est faite si rapidement que je croyais pouvoir l'observer à l'œil nu et je passais des jours à la détailler. Son soutien-gorge ample s'est ourlé de chair, désormais trop serrée ; deux fossettes de plus en plus profondes ont creusé ses reins. J'étais fascinée par sa nouvelle pilosité : ses cheveux jusqu'aux épaules ; un duvet blond, presque invisible, sur les jambes ; aux aisselles et dans le bas du ventre, des broussailles sombres auxquelles on aurait pu mettre le feu.

Même enceinte, je voyais encore Florence enfant. J'avais envie de l'habiller, de la coiffer, de la porter en moi. Nous aurions été des poupées russes et la petite n'aurait pas pu naître tant que je n'aurais pas ouvert les cuisses.

Aujourd'hui, la cicatrice de césarienne sous le nombril de Florence s'est presque effacée. Sa voix est redevenue faible : ses berceuses restent dans la même octave, elle casse les notes trop aiguës. Elle craque, pleure souvent. Lorsque Cassandre fait des crises, on dirait que Florence se ferme, devient imperméable et n'entend plus rien. Selon les autres, elle fixe le vide, mais moi, je sais exactement ce qu'elle voit : en voiture, les gouttes d'eau qui filent sur la vitre, s'assemblent et se séparent ; dans le jardin, le ballon rebondissant dans des arcs de plus en plus serrés jusqu'au boisé ; sur le balcon, la fiente de pigeon épaisse comme une croûte de peinture ; à table, le jambon du sandwich pâle comme un morceau de peau qui pend hors du pain sec.

Je sais que Cassandre comprend mieux ce qui arrive à sa mère que ce que nous voulons bien lui dire. Mais ce n'est pas à moi de le lui expliquer. Ensemble, elle et moi, nous dessinons Florence en exploratrice de la jungle, prête à tout affronter. Elle est debout, souriante, au milieu d'arbres frisés. Les doigts de sa main sont ronds, perchés tout le tour de la paume comme des pétales de fleurs.

La nuit, Florence se retourne dans son lit. Je connais par cœur ses insomnies, ses pieds froids et son ventre creux d'une faim sale, ses cauchemars dans les ombres des arbres sur les murs, le bruit de la tuyauterie qui la fait sursauter. Si elle ne dort pas, je le sens et je ne trouve pas non plus le sommeil. Je me regarde dans le miroir, la tête auréolée par la lampe du couloir, avalée par le trou noir de mon propre visage.

Florence ne sort plus, elle est trop faible. Nous devons donner mon identité au service de garde pour que je puisse aller chercher Cassandre – Émile travaille, il est dépassé, je veux leur venir en aide. Mais pour qui donc va-t-on me faire passer? Nous en discutons longtemps, autour de la table de la cuisine, tandis que nos cafés refroidissent. Émile suggère que Florence et moi soyons sœurs. Nous protestons, personne ne le croirait: nous ne nous ressemblons pas. Nous convenons que je serai plutôt la sœur d'Émile. Maintenant, il faudra expliquer à Cassandre que je suis désormais sa tante: une première tache sur sa peau claire.

Notre ville invisible

Enfants, Florence et moi jouions dans les fondations d'une maison incendiée. Des briques moussues délimitaient les pièces; nous réinventions l'espace, imaginions nos meubles, nous disputions pour la plus grande chambre, étalions des tapis de feuilles mortes dans l'entrée. Les fondations étaient sans issue et il fallait enjamber les murets pour y pénétrer. Nous en faisions notre prison de pierres. Nous tentions de deviner qui y avait vécu; la couleur de chaque pièce et l'emplacement des fenêtres avant que les façades s'effondrent. Des mûriers avaient poussé sur les ruines. À la fin de chaque été, les fruits tapissaient le sol de notre demeure. Nous nous asseyions dans les herbes, tachions nos vêtements et cueillions les baies brûlantes une à une.

Rien n'a changé, leur jus coule toujours sur les doigts. J'observe les traits de ma main et me demande où Florence s'inscrit. Sans doute dans un embranchement tortueux;

des lignes tressées qui se chevauchent et se séparent, creuses et fines.

Nous avons toujours vécu dans la même ville, mais maintenant nous devons partir. Depuis que la décision est prise, je reviens souvent ici en rêve. La nuit, ce n'est plus seulement une maison effondrée, mais une ville immense, des kilomètres de ruines. Les murs poussent autour de moi et le lierre grimpe vers le ciel aussi vite que l'eau coule. Je me perds dans les fondations toujours plus hautes, toujours plus sombres, toujours plus touffues – un labyrinthe impossible, dont les parois se resserrent. Je sais que je ne retrouverai jamais mon chemin. Parfois, le feu gronde, à mes trousses. Je dois courir et je le fais bien, j'ai l'habitude des rêves de fuite.

Florence marche en touchant les murs du bout des doigts pour s'assurer de sa propre existence. Elle me frôle aussi, parfois, pour s'assurer de la mienne. Sa main passe sur ma joue, sur mon cou ou mon bras – à peine un contact, une brise qui se lève. Elle reste silencieuse, mais la tension de ses épaules se relâche et ses yeux me disent : *Tu es encore là.*

Lorsque mon rêve dure assez longtemps, je la retrouve sacrifiée au centre du laby-rinthe. Elle est couchée, langoureuse, elle ondule le bassin ; les bras levés, le buste offert, les doigts écartés enracinés dans le sol. Je me couche sur elle pour la sortir de sa transe et j'appuie de tout mon poids. La fusion ne vient pas. Je sens ses os se briser, craquer comme des fines branches sèches, prêtes à s'allumer. Et c'est à ce moment que je comprends que le feu part de son ventre : c'est elle qui est à mes trousses.

Il me semble que l'empreinte des doigts de Florence brille sur les façades, longues traînées identitaires brouillées par le mouvement. Ces ruines de pierre resteront toujours érigées comme une promesse : aucun souffle ne pourra déraciner les fondations de cette maison, aucune rumeur ne pourra nous empêcher de revenir ici. En me relevant, j'imprime aussi ma main sur un muret. La pluie effacera ce carnage.

Il fait nuit lors de mon retour chez moi. Ma silhouette crée une ombre immense à la lumière des réverbères. Je regarde souvent par-dessus mon épaule. Dans les vitrines, les mannequins ont le visage vide. Ils me fixent malgré leur absence de pupilles, et la blancheur de leur peau tournée vers moi est telle que je dois protéger mes yeux de leur lumière. Des magasins les coiffent de perruques carrées et colorées, d'autres ajoutent des faux cils sur leurs faces lisses. Parfois, des corps sans tête ou de simples troncs côtoient des mannequins à la physionomie complète – une étrange compagnie, à la conversation impossible. Certains ont la jambe levée au-dessus de la tête, pour montrer la souplesse de vêtements de sport; d'autres ont le corps tendu, la tête penchée, prêts pour le sacrifice. Leur nudité me fait peur. Leur chair est statique et les néons luisent sur leurs torses. Je ne reconnais plus la ville et je regarde les passants avec méfiance; peut-être veulent-ils nous séparer.

En direct

L'apparition de la télévision en direct a tué mon grand-père. C'était l'année des grandes inondations : à l'écran, on voyait les maisons effondrées, la rivière qui débordait sur les berges et les routes. Ces images étaient reprises sur toutes les chaînes, mais, pour lui, chaque annonce était un nouveau désastre – à chaque visionnement, de nouveaux bâtiments s'écroulaient, la rivière inondait d'autres terres et serait bientôt chez lui. Il refusait de manger et regardait l'écran, avide de ne rien manquer. Il ne supportait pas l'urgence. Il était assis dans la cuisine, en sécurité, mais ailleurs, au même moment, la catastrophe gagnait du terrain. Il est mort devant la télévision, la main crispée sur sa fourchette.

Aujourd'hui, une femme s'est jetée dans la rivière près de chez moi. La nouvelle est si souvent répétée que c'est comme si chaque fois une nouvelle femme se précipitait dans le vide. Je vois les passantes converger vers le pont et se mettre en ligne, dans leur manteau de pluie, prêtes à enjamber la balustrade. Elles tombent les unes après les autres, forment une chaîne si serrée qu'on dirait la chute décortiquée, chaque moment immobilisé. J'entends des cris, puis la déchirure des voix et de l'eau, le silence qui suit l'éclaboussure. Certaines vont se fracasser sur les roches, d'autres sont emportées par le courant. Je revis la scène toutes les dix minutes, sur la chaîne principale. On retrouvera les corps gonflés, plus loin, dans le bassin où le courant se calme et où les enfants se baignent.

J'appelle Florence pour m'assurer qu'elle n'est pas partie avec le courant. À la télévision, on parle d'une femme d'une trentaine d'années : ce pourrait être elle, ce pourrait être moi, ce pourrait être nous deux. J'appuie sur une mauvaise touche, mes doigts tremblent, je recommence. Quand une catastrophe arrivait, mes parents me croyaient toujours en danger : un arbre s'effondrait, et ils m'imaginaient coincée sous les branches ; un accident de voiture, et ils craignaient que je sois l'une des passagères. Ils ont remercié le ciel de ne pas m'avoir inscrite à l'école qui a brûlé. Florence répond à la troisième sonnerie. Je vais tout de même la rejoindre pour vérifier qu'elle n'a pas enfilé son manteau de pluie. Je ne veux pas lui survivre.

En chemin, je croise un homme qui a une tache sombre à la fourche, un trait que je ne connais qu'aux femmes. Je ne peux plus quitter le tissu des yeux, émue par l'auréole que je devine chaude et moite et qui se dévoile à chaque enjambée. J'ai envie de le suivre jusqu'à ce que la tache sèche, et la regarder encore. L'intérieur des cuisses est la partie du corps que je préfère. La peau fragilisée par le frottement des jambes, qui laisse des îlots glabres sur la peau des hommes et fait brunir celle des femmes. Les bas nylon s'effacent à la fourche, on devine des auréoles pâles sur les jambes ombrées ; le tissu des pantalons devient mince et cède parfois. Une chair tendre, bouillante, où enfouir le visage. L'homme tourne le coin de la rue. Je continue tout droit.

On pourrait croire que Florence n'est pas chez elle, mais si l'on porte attention, sa silhouette se dessine à la fenêtre. Les lumières sont éteintes, les passants ne se savent pas observés. Je lève les yeux et la repère tout de suite. Elle regarde la rue, derrière son propre reflet ; les inconnus et les voitures défilent au-delà de son visage, au-delà de ses traits vaporeux. Les rideaux ne sont pas opaques, son corps se découpe à travers le tissu. Elle souffle sur la vitre pour dissiper son image. Il faut plisser les yeux pour voir le nuage se former. Son visage devient flou, une tache de couleur estompée, avant qu'elle essuie la buée du revers de la main et que ses traits réapparaissent. Je devine que sa paume est humide, glacée, et j'aimerais la réchauffer, la brouiller de mon souffle. Je ne sais pas si elle m'a vue, sur le trottoir d'en face ; j'ai l'impression que son regard se perd et ne se rend pas au-delà d'elle-même.

Je lui remets une lettre de Cassandre, un plan de la maison qu'elle a dessiné, nos portraits. Elle m'enlace et souffle : *Tu l'embrasseras pour moi.* Nous restons silencieuses, ses larmes mouillent ma nuque.

* * *

Je trouve encore des repères sur le corps de mon amie, couchée nue dans le soleil : les vergetures forment un arbre qui s'estompe après le renflement des hanches, elle a grandi trop vite à l'adolescence. Elle est très myope, ses yeux sont fatigués par la lecture, elle porte des lunettes épaisses. Un rayon se reflète dans son œil d'un bleu dense, dessine une ligne qui court de sa joue à son sein et éclaire le duvet de son visage comme une nouvelle neige. L'ombre du cou, large, plonge jusqu'à son buste tapissé par la pénombre, et ses cils allongés par la lumière barrent son front. La voir vivre me fait mal.

J'ai envie de la serrer jusqu'à l'étouffer. Elle est si menue que je pourrais la porter dans mon ventre, ses tremblements me feraient résonner les sangs.

Elle me paraît plus belle qu'avant. Elle a la beauté de ce qui précède le flétrissement : des fruits bientôt trop mûrs, des collants minces avant qu'ils fendent, des lèvres sèches qui vont gercer.

Nous restons longtemps silencieuses, allongées côte à côte. Le chauffage souffle comme une haleine. L'obscurité tombe, masque son visage et la douceur de sa peau. Je dois bientôt partir chercher Cassandre à l'école, Émile va rentrer, la vie continue. Les phares des voitures traversent les rideaux et balaient le mur. En me penchant sur elle, je remarque la salive épaisse sur ses lèvres, comme de la mousse blanche ; la pourriture la guette déjà. Il faudrait la mettre sous une cloche.

Notes bibliographiques

Une première version de certains des textes publiés dans ce livre est déjà parue dans des revues ou ouvrages collectifs :

« Redescendre l'escalier » sous le titre « Et couvertes de satin », *Et couvertes de satin et autres nouvelles*, Paris, Buchet / Chastel, 2015, p. 13 à 20.

Le début de la nouvelle « Cartographie des limites » (le rêve) sous le titre « Blanche », *Jet d'encre*, numéro 14, printemps 2009, p. 81 et 82.

« Les bonnes manières », *Jet d'encre*, numéro 22, été 2013, p. 75 et 76.

« Avis de recherche » sous le titre « L'orpheline », *Jet d'encre*, numéro 23, hiver 2014, p. 66 à 68.

« Notre ville invisible », *Zinc*, numéro 37, automne 2015, p. 26 à 38.

« En direct » sous le titre « Jeune fille à la fenêtre », *Contre-jour*, numéro 36, printemps 2015, p. 89 à 92.

TABLE

Achevé d'imprimer en septembre 2016
sur les presses de
Marquis imprimeur
Dépôt légal : mars 2016

Imprimé au Canada